Texte
Gaël Aymon

Illustrations
Pauline Comis



# le Secret le plus fort du Monde

Il y avait un royaume.
Dans ce royaume, il y avait un palais
et, dans ce palais, il y avait une Reine.
Dans ses mains, il y avait un secret.
Un secret que personne ne connaît.

Un jour, des bateaux sont arrivés par la mer.
Dans ces bateaux, il y avait des guerriers.
À leur tête, il y avait Bao-le-Terrible.
Dans son cœur, une pierre dure et froide.

Bao a dit à la Reine :
– Je suis l'homme le plus fort du monde !
Là où je passe, il ne reste que des carcasses
et des cendres. Tu seras ma femme
et ton palais sera le mien !

La Reine a réfléchi et lui a répondu :
– Il y a plus fort que toi ! C'est l'océan,
qui porte tes bateaux et dévore les falaises.
Cela, tu n'en serais pas capable.
L'océan est plus fort que toi !

Bao a serré les dents. Il s'est rendu sur la falaise :
– Océan ! On me dit que tu es le plus fort du monde.
Viens me combattre !
Je dois épouser la Reine !

L'océan a répondu :
– Sans le ruisseau qui descend des montagnes glacées
pour me donner ma force, je ne serai qu'une petite mare.
Le ruisseau est bien plus fort que moi.

Bao s'est mis en route pour défier le ruisseau.
Pendant trois jours, il a longé l'océan jusqu'à un fleuve.
Pendant trois jours, il a longé le fleuve jusqu'à une rivière.
Trois jours encore, il a longé la rivière jusqu'à la montagne.
Un ruisseau dévalait entre les rochers.

Bao a crié :
– Ruisseau de la montagne !
On dit que tu es le plus fort du monde.
Viens me combattre ! Je dois épouser la Reine.

Le ruisseau a répondu timidement :
– C'est le nuage qui m'apporte la pluie pour apaiser ma soif.
Sans lui, je n'existerais pas !
Le nuage est le plus fort du monde !

Bao s'est agacé :
– Voilà qui est cocasse !
Je vais aller donner une leçon à ce nuage prétentieux.

Il escalade la montagne.
Il se blesse sur les rochers mais il tient bon
car sa force est incroyable. Arrivé au-dessus des nuages,
où le soleil ne se voile jamais, Bao a crié :
– Hé, nuage ! Si tu es le plus fort du monde,
viens me combattre ! Je dois épouser la Reine.

Le nuage n'aime pas qu'on le réveille.
Il est devenu noir et il a craché des éclairs.
Bao n'a pas eu peur.
Alors le nuage a grondé :
– Pourquoi me déranger ?
Le plus fort du monde, c'est l'arbre !
Lui seul se nourrit des rayons du soleil.
Ses feuilles pleurent les larmes
que le vent me porte et qui me donnent la vie.
Il est plus fort que moi !

– Si c'est l'arbre qui a fait le nuage,
il est plus fort que je ne le croyais !
s'est dit Bao avec surprise.
Mais je vais lui apprendre
qui est son maître.

Bao redescend la montagne.
Il n'a ni faim ni soif.
Il est trop fort pour être fatigué.
Il est arrivé devant l'arbre,
un grand arbre, haut comme cent soldats
et couronné de mille fleurs.

Bao l'a frappé du pied :
– Il paraît que tu fabriques les nuages ?
Je suis le plus fort du monde ! Viens te battre !

L'arbre ne l'a même pas regardé. Il a répondu calmement :
– Je fais ma part de travail, c'est tout.
Mais l'abeille est plus forte que moi.
C'est elle qui fait pousser tous mes frères,
elle qui porte mes fleurs partout dans le monde.

Cette fois, Bao a ri très fort :
– L'abeille ? Cette minuscule abeille que je vois là ?

L'abeille est venue tourner autour de lui.
Elle l'a regardé rire, puis elle l'a piqué bien fort sur la joue.

Bao s'est donné une grande claque et l'a écrasée !
Fini ! Plus d'abeille !
Juste une petite tache au creux de sa main.

Alors, Bao a repris la route vers la ville.
Mais, dans le lit de la rivière,
il n'y avait plus qu'une minuscule rigole d'eau.
Bao s'est retourné et il a vu que l'arbre était mort,
ses feuilles tombées, ses fleurs fanées.
Bao a levé la tête et il a vu que le nuage avait disparu.
La pluie ne tombait plus sur la montagne.

Il faisait nuit quand Bao est arrivé au palais.
Mais, au pied de la falaise, il n'y avait plus d'océan !
Les bateaux de Bao étaient couchés sur le sable,
au milieu des poissons morts.

Bao a montré l'abeille écrasée à la Reine.
Elle a soupiré tristement :
– Hélas ! Vous êtes bien l'homme le plus fort du monde.

Dans le pays, il n'y avait plus d'eau.
Le monde était comme un fruit sec.
Les hommes, les bêtes et les arbres mouraient.

Alors, Bao dut partir avec tous ses soldats
pour sauver sa vie.
Il était très fâché d'être vaincu
mais, finalement, il n'était qu'un homme !

Une fois seule, la Reine est partie dans la montagne.
Elle a marché longtemps.
Puis, elle s'est agenouillée et a ouvert ses mains.
Ses mains que personne n'avait jamais vues ouvertes.

Dans la première, il y avait deux petites fleurs.
Dans la deuxième, il y avait deux petites abeilles.

La Reine a planté les fleurs.
Elle y a déposé les abeilles.

Puis elle s'est couchée au pied de la montagne
et elle s'est endormie.
Elle a dormi longtemps.

Lorsqu'elle s'est éveillée,
deux arbustes fleuris avaient poussé.
Un nuage frêle s'enroulait autour de la montagne.
La pluie en tombait à grosses gouttes.
Un minuscule ruisseau dévalait parmi les rochers.

La Reine l'a suivi jusqu'à l'océan.
Un tout petit océan,
encore tout jeune,
qui grandissait lentement.
Partout, le monde reprenait vie.

La Reine a regardé monter la mer et elle a souri.
Dans son cœur, elle garde son secret.
Le secret que l'homme le plus fort du monde
ne connaîtra jamais !

De Pauline Comis, aux Editions du Ricochet :
*Un p'tit bonhomme,* avec Françoise Laurent

Achevé d'imprimer en septembre 2016
sur les presses de Papergraf en Italie

Dépôt légal septembre 2016

1, rue spitalieri 06000 Nice
www.ricochet-livres-jeunesse.fr

en coédition avec les éditions Pemf
www.pemf.fr